POPOL VUH VERSIÓN INFANTIL

Irina Rohrmoser Moreno

Ilustrado por: Bryndon Diaz

AuthorHouse™
1663 Liberty Drive
Bloomington, IN 47403
www.authorhouse.com
Phone: 1 (800) 839-8640

Because of the dynamic nature of the Internet, any web addresses or links contained in this book may have changed
since publication and may no longer be valid. The views expressed in this work are solely those of the author and do
not necessarily reflect the views of the publisher, and the publisher hereby disclaims any responsibility for them.

This book is printed on acid-free paper.

ISBN: 978-1-7283-2755-6 (sc)
ISBN: 978-1-7283-2754-9 (e)

Library of Congress Control Number: 2019914185

Print information available on the last page.

Published by AuthorHouse 09/13/2019

authorHOUSE®

A Niko y Oli

Gracias por ser luz e iluminarme

Hace mucho tiempo atrás
Antes que nacieran todos los niños, sus abuelos y sus papás.
No había nada más que oscuridad
No había ríos, o montañas. Ni patos, osos o arañas.

Todo estaba en silencio.
Sólo había 2 luces, 2 estrellas
Pero después de tanto tiempo se aburrieron de estar
solamente entre ellas

Una se llamaba Gucumatz, la otra Tepeu, y juntas
eran estrellas creadoras
Así que para no estar solas, se pusieron a hacer
cosas encantadoras

Empezaron por hacer las plantas, las flores y los bejucos
Llenaron los valles de árboles con ricos frutos.
Después hicieron los ríos y los mares.
A las montañas y las nubes las hicieron por pares.

<<Es el turno de los seres vivientes, (dijo Gucumatz)
Que salten, que naden y que vuelen>>
Hicieron unos con pico y otros con dientes.
Unos con escamas, otros con pelos,
Se movían por los montes, las aguas y por los cielos.

«Y a ti qué te gusta comer?» preguntó Tepeu al mono
«UUU-UUU, AAA-AAA» contestó con un grito sonoro
Cuando le hablaron a la lechuza,
La respuesta también fue confusa.

«Estos bichos no hablan, no entienden lo que decimos»
«Hagamos otros seres unos que contesten cuando se los pedimos»

Entonces mezclaron tierra con agua.
Y de este lodo hicieron a los primeros humanos.
No podían moverse, ni tenían dedos en sus manos.
Con la lluvia sus cuerpos se deshacían
Y aunque quisieran, ni hablar podían.

<<Necesitamos hacerlos fuertes para que puedan moverse
y que con la lluvia sus cuerpos no puedan deshacerse>> dijo Gucumatz

Entoces las estrellas, tomaron de los árboles mucha madera
Y con eso formaron una estructura duradera.
Movían los brazos, tenían dedos. Hablaban y escuchaban,
contestaban y cantaban.

Pero una noche mientras Tepeu y
Gucumatz dormían
Un fuego quemó a los hombres de madera
que no se quejaron porque no sentían.

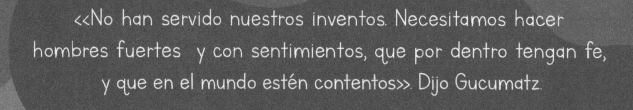

<<No han servido nuestros inventos. Necesitamos hacer hombres fuertes y con sentimientos, que por dentro tengan fe, y que en el mundo estén contentos>>. Dijo Gucumatz.

<<De los frutos que hicimos, solo hay uno que tiene el color del sol y baila con el viento, es el maíz. A lo mejor de su carne podemos crear un ser completo y feliz>>

Tomaron las mazorcas y sus granos molieron, con agua,
amor y esmero una buena masa hicieron.
Con ella formaron 4 cabezas y de ideas las llenaron.
Formaron sus cuerpos y de sentimientos los dotaron.
Hicieron sus pies, sus rodillas y manos.
Los enseñaron a hablar y a ser hermanos

Hicieron también 4 mujeres.
Hermosas y fuertes , muy ágiles y valientes.

Juntos terminaron de formar el mundo estos seres.
Sembraron la tierra, crearon canciones
Contaron su historia a todas las generaciones
Nunca olvidaron que dos luces, dos estrellas son su raíz,
Nunca olvidaron que venimos del maíz

CPSIA information can be obtained
at www.ICGtesting.com
Printed in the USA
BVHW021133220919
559085BV00018B/290/P